JN129740

歩ていくと
前は次々と展けてくる
家並や樹木 花々が
新たな景色で挑発する
向こうを望むと
耀く山巓の麓で
遠い日の少年が
手を上げている

夢がたり、昔がたり

竹林館

詩集　夢がたり、昔がたり　目次

Ⅰ　とりまく風景

Ⅱ　あのひと

Ⅲ　我が国・戦争

Ⅳ　今、そして社会

Ⅴ　ふるさと永遠

Ⅵ　夢がたり、生命《いのち》がたり

カバー画　著者

詩集

夢がたり、昔がたり

I

とりまく風景

新緑の風

部屋の中で
ぼんやりしていると
ガラス戸越しに
外の陽光が入り込み
私を誘って
外は気持ちよい風が
吹いているよという

眼をやると新緑の中に
雀が飛び交い
窓に寄って来て誘うように
私に向かって外は爽やかで
日頃の退屈を忘れさせるという

ようやく腰を上げて私は
気持よさそうな
風の中へ出かけていた

ある日の一日

朝陽が輝く早朝
家々の灯が消えて
街の動きが始まった
学校へ行く子供たち
勤めに出る大人たちが
急いで歩いていく

家々の峰を朝陽が祝して

今日の元気を期待して
働く人や学校への子供たちを
応援しているようだった

夕陽が村から山へ帰る頃
家々では夕餉の仕度が始まって
おいしい匂いが包んでいた

庭先の道

わが家の庭先に
咲く路傍の草花が
今年も花を付けて
通行人にも誇るように
笑顔で見送っている

道草を踏みながら
歩いて行く左右の木々が

触れ合うと
小鳥たちが笑ったり喧嘩したり
賑やかなひととき
道行く人も立ち止まって
眺めていた

わが家の宝物

裏庭の柿を食べてみたいと
言うので踏台に乗って
数個を採った

大きく熟した柿を洗って
皮をむいて食べると
予想以上に口の中でおいしく
とろけるように咀嚼された

久しぶりにわが家の庭で
採れた果物でうれしく
宝のように大事にしなきゃと
化学肥料を与えたりして
幹を手で撫でていた

うれしい隣人

朝が来ると二階の窓辺に
雀が来て叫んでいる
チッチッと鳴いて飛んでいくが
親しい間柄のあいさつのようで
うれしい

朝にそうして元気をくれて
夕方にはご苦労さんと

言うように鳴いて雀は
私に英気をくれていた

隣り近所と言葉のない日々は
何故か雀と会話しているようで
心が安まり元気が出る毎日
老いの孤独が癒されるようで
うれしい隣人だった

散歩道

朝方　野道を散歩していると
どこからか歌のようなメロディーが
聞こえてくる
耳を清ますとその音は
野辺に咲く雑草の花々のようで
朝露が元気をくれて
脚が自然に軽くなって
楽しくなっていく

夕方　仕事の帰り街から野辺を
歩いていると
陽が暮れないうちにお帰りと
どこからか聞こえてくる
脚を止めて見ると
左右の道草がご苦労でしたと
揺れていた

満月を偲んで

今宵は満月というのに
月は何故出てこないのか
みんな空を見上げて
雲間のあなたを待っている

あなたは満身の体で
我々を照らして幸せを
くださるというのに

なぜ姿を見せないのか

あなたは世界を明るい光で照らして
地球の不幸を洗い流してくれると
信じていたのに

せめて昔流行った歌謡曲など歌って
あなたを偲ぶ

老いの晩年

男の住む街から南へ数十メートル
隣は豊中の樹林におおわれた
千里川が箕面の滝からわが家の
側を通って大阪湾へ
街は人口十五万余の住宅都市
長閑な街でもある

ここに住んで三十数年

大阪市内へは電車で三十分
住居も定年退職して建てた
二階建で夜など市内の一部が
明るく見えて美しい
近くには田畑もまだ残っている

毎月のように千里川沿いを歩き
昔流行った歌など口遊びしながら
老いを過ごしていると言う

街なかの熊

都市の街なかへ
野生の熊が入り込んで
住宅の中で休んでいたと
人々は驚いて警察へ届出
間もなく引き取られていったが

最近近くの山野から
街のなかへ熊が現れると

何度か街の人が言っていたが
住宅地近くの山野に居る噂はあった

山野の食べ物が少なくなって
熊も飢えているのか
街の住人は驚いて怖がった
引かれた熊は案外おとなしく
連行されていった

自然のひととき

川の向こう岸は
桜並木が満開だった
流れの音と並木を吹く風の音が
人々を撫でて春の陽気を
醸していた

土筆《つくし》が背を伸ばして虎杖《いたどり》も成長
周囲は草叢におおわれて

一帯は緑の平原のようになって
早くも初夏を感じさせていた

日頃人込みの雑踏の中で過ごす者には
久方の自然の中で
老いていく幸せを
感じるひとときでもあった

朝のエール

近所の娘が
家の梅の花が咲きましたと
一枝を持って来てくれた
うれしくて
握手してお礼を言い
高校入学おめでとうと
付け加えていた

その娘には
すでに父親が亡く
母親と二人暮らしで
どこか寂しそうな日常で
毎日わが家の前を通って
通学する後ろ姿に
エールを贈っていた

山上の花

数百メートルの高山へ
登る途中の岩陰で
咲いていた名も知らぬ一輪の花が
登山者の感激の息に合わせて
風に揺れていた

そこには
山上の孤独を生きて

登山者に遭遇して
身を捩って喜んで頬笑んで
よく来てくれたと
言っている花があった

虫の生命

机の上を見たこともない
小さい虫が這っていた
この野郎と手指でおさえようとすると
跳んで逃げる

逃がすものかこの不気味な
虫めと手の平で三度四度と
追いかけていると

遂には書棚の隙間に逃げ込んで
姿を消した
残念と思う反面虫にも生命がある
と哀れみが涌いて言い訳めいた
思いに納得していた

どこにある　わが街は

私の中で何かが
燃えている
それは何か
いつも心がはやり熱くなるとき
何故かどこかと
自分自身に聞いてみるが
わからない

昨日のこと今日のこと
といろいろあったが
涙が出る程の
悲しみや喜びでもない

明日は何があるか
私を待っているモノは何か
幸不幸は何処にある
いずれもわからない

Ⅱ

あのひと

日常の中の幸せ

日々の暮らしの中で
人々はちょっとした
喜びごとに幸せを感じて
励まされるが
ときには嫌な人に会ったり
喧嘩などの出来事に
出合うと暗くなる

毎日の生活の中で
そうした問題は度々といわれる
人生でそれらを上手に
生き抜くのが運の良い
人生ともいわれるが
いかに上手に生きるかが
人生の課題でもあろうか

不幸を包むひと

愛するひとを亡くして
不幸になったというのに
あなたは何時も笑顔で幸せそうだった

生きるということは
いつも元気でないと
甲斐がないと
終始笑顔を絶やさないひとだった

傍から窺うと決して
幸せな生活とは思えないが
人と接するときは
何時も柔らかい表情で
周囲を包むひとだった

口論の果て

心情は言葉で表して
腹に溜まった思いを吐き出して
気分を一新すると爽やかに
心が軽くなると言うが

あの人との口論は容易に消えない
想いが深いだけに腹の中で
重い痼《しこ》りが叱咤していた

が自分が三歩引くことで
相手を許す気になればと聞いて
そう自戒してその夜珍らしく
酒を飲み眠ることにした

かつての友へ

拝啓　長らく便りのない
あなたは今どこで何をして
いるのですか
別れて以来数十年
便りがなくなって数年
あなたは今どんな仕事をして
いるのですか

拝啓　別れて以来数十年
あなたは女として結婚したと
聞きましたが元気で
当時の美しさで過ごしていると
思っています

多くの男女の知人友人と別れて
それぞれ活躍していると信じますが
往事の話題や噂がないだけに
心配しています

友の影

あの時あなたと
口唇を初めて合わせた
だけであなたは
先日亡くなったという
私に黙ってあの世へ
旅立ってどこへ行ったのですか

私は今も毎日あなたを

探して温かい胸を
思い出しています
なのにあなたは
冷たくなって遠い人になって
かつてのように私に呼びかけ
私はあなたを探して
影のあなたに話しているのです

寂しい引退

野球界で活躍した選手が
一人引退することになった
その訳には年齢と体力を
自覚しての寂しさが見えるようだった

若い時は名手として活躍したが
四十歳代にして無力を自覚
去ることとした

その後どう生きていくか
明日は見えないが
後輩たちは惜しむように
それぞれ挨拶してくれたが
どこか空しい声が寂しかった

忘れられないひと

あなたは何故
そんなに早くあの世に
旅立っていったのですか
多くの人があなたの元気な
活力とことばを頂きたいと
願っていたのに
私達を放ってあの世へ逝ってしまった

あの世に何があるのですか
行方は雑草と石塊の道で
誰も知らない人ばかりだというのに
あなたは何を行ない語るのですか

私が墓前で話していると
あなたは咲《わら》っていたが
そこにはこの世にないものが
あるのでしょうか

親ごころ

加齢と共に子供に対する
親の苦しみや喜びが
解るようになってきた

あの時の父は
ああして欲しかったのか
またあの時の母のうるさい
小言の指図は

今になって私には
当然のことのように
解るようになった

親の言うことに嘘や間違いはない
とよく言われて育った世代だったが
度々反抗して叱られて
今更のように私を
責めるのです

あのひとの夢

死に際して
人はやり残したこと
言い残したことが
いろいろあるという
目的を達成しないまま
多くの人があの世へ去っていく

言い残したこと

目的を抱いたままで
あの世へ去っていく者は
成仏できないと言うが

あのひとの夢彼のひとの目的は
未完のままで
あの世で苦しんでいる姿が
見えるようで
悲しみが沁みる夢だった

III

我が国・戦争

自由民主の中で

私たち日本人は
かつての戦争で多くの若者を犠牲にした
戦後は震災で
多くの国民を亡くした

今日ようやく復興し再建した
社会の中でそれらの被害を
忘れたように民主主義社会で

新しい社会を造って
今日を生きているという

厳しい歴史を忘れたように
自由主義のもと力を生かして
生きてはいるが
何かを忘れたように往事を
思うときの多い
今日でもある

人の孤独

戦後身元不明の大人が
訳もなく自ら死んでいった
者の多いのを知った
戦争で主義や友人を
失って悲しみのためか
他に理由があったのか
判らないことだった

間もなく本人も大人に成長して
とかく人は助け合っていくものと
頼りにしていたことが崩れ
人は親しそうでも
共感出来ることは少ないと
孤独であることを知った

戦時期の花見

地平線の向こうで
轟く音が聴こえる
雷鳴ではない
オーケストラでもない音
人の阿鼻叫喚や爆発音のような
音響の夕方

風がかすかに匂う

花の香りではない
スモッグのようでも
硝煙のようでもあった
私達は遥かに想像するだけで
眉をしかめ春霞のなかに立って
桜花を観上げていた

懐かしいラーメン

日本がアメリカと戦争をし
敗戦で終わって日本人は
食糧難等で苦しみ
大勢が死んだ

その頃アメリカの占領軍は
マッカーサーという将軍を先頭に
日本を統治していたが

食糧難に喘ぐ日本人のために
ラーメンを輸入して食べさせた

以来麺類が常食のように
普及していった
今日もラーメンは少なくなったが
日本人は懐かしみながら
食べている

学童疎開

笑顔に隠した表情は
子供心といわれても悲しく
集団疎開の少年の眼は
いつも恥ずかしいものがあった
別れのとき母親は涙を隠して
子供を激励していた

初めての親子の別居で

子供たちの命を守るためと
国民は覚悟していた

しかし数年で戦争は終わり
一寺院の疎開住居から都会への
帰宅となった
そこは自宅とはいえ空爆で
家々は壊滅状態それぞれの自宅は
激減して帰る家の有無は不明
生徒たちは故郷を彷徨うことになった

山の畑の戦後

ある地の山上は
戦後開拓された畑が増えて
当時の麦や大豆を育てて
食糧難を補ってきた
当時の満州や朝鮮から帰国した
引揚者によって開拓され
山上から国を想って
戦争の悲惨を思い出していた

その山上の開拓地で作業をした
数年間で他の家族たちも
次々と何処かへ転居していった
日本の平和がようやく安定

開拓した畑の後には　雑草が生い茂り
瀬戸内海から吹く風は
揺らぐように騒いでいた

庶民の力

私たち日本人は
かつての戦争とその後の
震災などで多くの
建物や人を失いました

今日ようやく復興した社会で
その被害を忘れることなく
大切に身に備えて

更に新しい社会を建設したい
と努力しています

厳しい歴史を忘れることなく
歴史から学んだ庶民の力を
生かしてふるさとを再建した
新しい国家を造りたいものです

穏やかな母国

八十歳といえば
長生きの今日とはいえ
老人達のあの世への宿命と
逝く人も次々と多いという
ある病院では五、六人の老人が
一挙に亡くなることもある

しかし九十代から百歳前後も

生き永らえて
あの世へ旅立つ人が多い今日
四方を海に囲まれて浮かんで
いるような小国の運命は
予測出来ない不安もあるが
平和に生きることをモットーと
穏やかな国の民でありたいもの

Ⅳ

今、そして社会

地球で見る夢

我々人間が立ち暮らす
地球の上で昼間は輝く太陽
夜は星や月が照らす
空を見上げて
ああ今日も昏れたかと
一息していた

子供たちは

山へ登って奇麗な大空へ
行ってみたいと言うが
月や星の表面は瓦礫の世界で
草花や樹木の花や緑のない
荒地とは知らない

夜輝く星たちを見つめて
美しい星に行ってみたいと
叫んでいた

変化する日本社会

日本国がしだいに
変わっていくと言われる昨今
外国からの留学生二十七万人
在留外国人が百二十八万余と
増えていく昨今でもある

この小さい国土の日本人が
段々減って外国人が増えていくとは

高齢者は心配している人も多く
日本の特性と文化が
次第に変化しており

本来の日本人個有の
大和ごころに育った
社会はどう変わるのだろうか
心配する人は多い

憧れの星

あなたが住む地球の上には
私も立っている
天からは昼間は太陽が
夜は星や月が照らしているが
地球の人間は夜昼なく
生きて働いている

時折り空高く昇って

地球を見たいと思っているが
写真等で見る星や月は
小石や岩石も多く
表面を覆ってとても
住めそうな地とは思えない
草や樹木も見えない地で
何を見たいというのか

少子高齢の日本

人口が年々減っていく日本で
子供は年々少なくなって
老人は増えていく
年々外国人の若者の入国は
増えて中国・韓国人だけでも
二十六万人余が入国　総人口の二%
という

まさか外国人によって
日本を勝手気ままに動かされるとは
考えられないが
今日も不吉な風が襲っていた
せめて明日は
今日の不満を昇華したいと
願いながら眠りについて
夢を見た

人口減の日本

米英国を敵として戦った
昭和二十年代日本人の
死者は食糧事情や戦争で
二十歳前後の若者が多数

今日　日本人の百歳以上は
六万八千人くらいに大阪府下だけでも
三千六百人くらいが健在だという

平和な時代はめでたいこと
ではあるが
日本全国の人口が急速に減って
老人を養ったり子供を育てる
家族が少なくなっている今日
日本の未来はいかがなるので
あろうか

長寿の国

現在日本人の百歳以上の人は
六万九千人という
九十歳以上が二百十万人
八十歳以上が百十万四千人
と老年者が増えている昨今

かつて米英を相手に
二十才前後の若者が大勢

死の世界へ身を投じた当時から
六十五歳までは三千五百五十七万人と増えて

長生きは幸福の代名詞のように
平和が続いている
平和の国で戸惑いながら右往左往
進むべき道を間違えないよう
守らねばならない

老夫婦の会話

夕食の席で
隣りのお爺さん
俳句を創るんだって
お婆さんが囁いた

御飯を噛みながら
夫のお爺さん
そうかそれは良いことだ

わし（私）は
米を作っている
と呟きながら茶碗を捧げて
咀嚼していた

生きる道

地球上の社会の雑踏の中で
世間は生き抜くことを
それぞれ人類の責任として
生きたいと願っているはず

太平洋・日本海等の
新しい風の中で生きていく者は
夢の実現を探していた

今も世界はさまざまな
風に吹き荒れて
その火中に立って前後左右を
見渡して体を動かせていた
が前へ行くべき道は何処か
彷徨うていた

現代人の疲れ

電車や人込みの中で
日頃出会う人々の表情が暗く
活気のない顔立ちで春だというのに
服装もどことなく
疲れていた

生気のある男気の若者が減って
年齢に比べ老けていた

女性も美しさを捨てて
生活に追われているようで

活気を回復しようと
スポーツやレクリエーションを
計画して実施したり
何が人心を抑えているか
考えていた

人生の不思議

人生歩いたり走ったり
休んだり騙されたり
喧嘩したりの
短い生涯にも
様々な出来ごとが惹起して
苦しむことも多いが
並べて楽しいことも
ある近所の人々

ある者は大金持ちになり
ある者は苦労しても
生涯貧しいが一概に
不幸でもなかった
金銭貧乏が不幸と
断定できないのが
人間社会でもあろうが
近所に飛んできた
小鳥たちは無邪気に遊んでいた

地球人の未来

戦後流行った
歌謡曲が謡われている
敗戦時を癒やすように謡われ
歌詞は人々の心を高揚させて
多くの国民に愛された

以来民主社会が
今日を発展させて

自由の気運が定着した
日本国は今後如何に
進化するか想像は出来ない

急遽退化するのか
変化するか進軍ラッパは聞こえない
政治家も社会学者も
予想出来ないとしか言えない
人間社会でもあろう

変身する若者

眠っていると雨の街頭で
数人の若者が笑い騒ぎながら
歩き何かを拾っていた

何事かと眺めていると
止まったり身を屈めたりしつつ
片手に布袋を提げており
数人がそれぞれ歩きながら

袋を拡げていた

はじめて若者が付近の道を
掃除していることを知って
驚き感心しながら
すでに数日に一回の日程で
作業を続けており
世の中が変わっていく喜びが
見えるようだった

高齢者の行方

老齢化社会といっても
高齢者の居場所は少ない
若者グループと共に
何かしようと思っても
ついていけない

先日まで
多くを指導してきたが

今は誰もついてこない
ポツンと独りで
大勢の中で俯いていた

以来老人の役割も少なく
全てを置いたままで
その場を去る他はなく
俯いて眺めているだけの
身になっていた

歌っていこう　心の歌

歌ってみよう空に向かって
歌えば届く愛の声
野を越え山を越えて
あなたの声が谷間や山坂の
遠くの田舎に届く愛

歌って思いを伝えよう
世間に向かってあなたの心が

届く声人々の胸に響いて
海を越え川を渡って
ふる里の山々に木霊する愛

笑って過ごそう今日も一日
生きてるあなたは笑顔で尽くそう
世間のために
あなたのために
この世を包み
歌っていこう愛の歌

V

ふるさと永遠

ふるさと

山の向こうのふるさとの声は
遠いが私には何を言ってるのか
よく解る気がする

幼い頃の友は
それぞれ働きに出て
今は居ないが
あの山や川で叫んでいるはず

私と共に遊んだあけび取りの山林や
沢がに取りの谷間は
まだ昔のまま健在に残っているはず
お互い遠く離れていても
名前や顔を忘れることはない
腕白時代が懐かしいふるさと

郷愁のふるさと

手を振ってふるさとと
別れて六十数年
昔の友はいまどうして
いるのだろう

私は大阪の地で
ふるさとを偲びながら
過ごしているが

少年の日のあれこれを
思い出しています

腕白だった数々の思いが
昨日のことのように
私を誘うのです

田舎少年の成長

裏の山で
ウグイスが鳴いていて
前の松林では
カラスが笑うように騒いでいた
ふるさとの忘れられない
遠い思い出

あの道では車が走り

馬に乗った若者が
鞭で叩いて訓練していた
街の者になった男は
ふるさとの友のあれこれが気になった

少年たちはそれぞれ成長して
社会人として一人前に振舞い
ふるさとを忘れて何時の間にか
街の中で遊ぶことを覚えていた

忘れられない故郷

我が家の上部の
千里商店街を通って
千里中央駅から五十分
大阪梅田へ至る電車から
箕面の山並を一望
我が家の父母の眠る山裾の寺も
見えた

この地に来て三十数年
南の瀬戸内海の見える地に
定住を決めてこの地に住んで
故郷を偲びながらも
毎日を過ごしてきた

生きても死んでも故郷へ
帰ることはないと訣別した身
胸の片隅で忘れることなく
生きているが

懐かしいキャラメル

コンビニの店内を歩いていて
菓子類の隅に黄色い箱の
キャラメルを見た
足を止めて手にとると
昔と同様のデザインと商品名があり
懐かしさに一箱を購入した

昔のようなおまけはなかったが

独りで昔恋しいミルクキャラメル
を眺め口にした
舐めていると口の中で
昔懐かしい味が広がって
少年の日が甦るようで嬉しかった

少年の日の思い出

少年の日
教練で小銃を肩にして
走ったり這ったりした
敗戦とともに
戦争の道具は
平和になったいまは
どうなっているのだろうか

グランドに埋めた
ということだが
先輩の想いも
共に眠っているのだろうか

僕たちは
そのグランドでソフトボールや
ラグビーで走ったり跳んだり
平和のスポーツで
楽しんだ

窓辺の風

風が吹く日は
ふるさとの山の音を
思い出す
山間から吹き下ろす風が
少年の心を寂しく
吹き荒んでいった日々が
思い出されて
いまも侘しく沁みる

都会の片隅で
机に向かって当時のことなど
書き連ねることばは
恋しさで始まって失恋で終わるが
少年の日のあれこれは
もはや窓辺の雑音に消されて
都会の猥雑な風に吹かれていた
窓辺の景色

亡き母へ

お母さん覚えていますか
あなたと二人で
田舎の新緑の中を
ゆっくり歩きながら
幼い日のことや昔話をしながら
川に浮かぶ小鳥や
上を飛ぶ鴉や鳩と共に
散歩したことを

あなたはその後
遠くへ逝って終い
大声であなたを呼んでも
返事はなく私は独り言して
懐かしい思い出を胸の中で語って
あなたを偲んでいます

忘れられない悔恨

私には七十年余を経て
なお忘れられない思い出がある
私の成長に関わる懐かしさと
感謝の二件が私を責める

小学校入学間もなく
学校帰りに雨にあって泣いていると
近くに住んでいるらしい女性が

傘を差し掛けて家まで
送ってくださったこと

もう一件は学校帰り疲れて
道端に座り込んでいた私を
通りかかった大人が自分の自転車に乗せて
坂道を押して家まで送ってくれたこと

何れもお礼も言わないで
今日まで過ごしてきたことを

おいしいおやつ

庭先には
大きな無花果《いちじく》の古木があった
学校から帰宅すると
早速に無花果の木に登って
熟した実を探して食べた

ある時は半熟を採って
喰うと渋が口から喉にからんで

浸みた
それでも子ども時代には
おやつのように
半熟の無花果を
採って食べておいしいと
喜んでいた

忘れない故郷

山頂を歩いて行けば
右手に瀬戸の海が光って
左手には緑の山が波打っていた
山頂の分かれた里はそれぞれ
故郷の景観と街並をつくり
海と山の異なる世界が
広がっていた

この里で育った人には
それぞれが山と海近くで
父母の故郷として
老いても忘れることもなく
昔を懐かしみ
明日からの生活を思う

VI

夢がたり、生命《いのち》がたり

机上の落書き

私の机上には
詩は心を描きその心を
言葉で表現すると
座右の銘のようにメモされて
長らく記されている

また別の
思いついたメモのような言葉は

一度だけの人生
やるべきことを
やり遂げておさらば……と
雑文が書いてあった

いずれもその時々の
気持ちの断片を記したものだが
最後には笑門来福と書いて
自嘲していた

老人呆け

午後三時近くになって
今日の昼飯はまだかなと
呟いていると
また呆けたこと言って
先刻済ませたじゃないの
と言われ愕然とした

老人呆けが進んでいると

自覚せずにはおれない
間違いが最近多く
遂にその時が来たかと
行く先を測って
わが齢を確認していた

独り言

日々の仕事や生活の
苦しい現実から離れる
ために人の心を癒す
ことばで語り歌っておれば
いつか詩のような気持ちが
優しいことばとなっていた

そのうち自分の心を

誰かに伝えるような
歌になって歩きながら
独り言をいったり口遊んで
幸せを歌っていると
家の者が
それ何の歌と問う

さ迷う人生

思えばこの齢まで
日毎夜毎さまよいながら
生きてきた

日々の計画も曖昧で
安穏に過ごすことにきゅうきゅうとして
悲しみの間に悦びを見つけようとした

歌ったり踊ったり旅をして
人生とはこんなものと
人間の世界は努力と諦めで
生きることであると
生涯を知って初めて
幸せとはこんなこともと
教えられてきた

貫く初心

前を向いて進もう
右や左へ曲がらずに真直ぐに
前を望んで歩いて行けば
必ず目的地に着くはず
ときに躓くことはあったり
休んだり走ったりすることも
あろうが

それでも目的に向かって行けば
必ず目指す地に着いて
あなたの希望の一部でも
果たすことができるはず
そこから初心は次第に
大きくなり目的は達成
できるはず

人生夢の百歳

カレンダーを捲っていると
毎日が次々と過ぎて
加齢と共に老いが進んで
未来といえば死を想像して
その準備にためらっている

人生わずか七十年前後と
思いながら安穏と過ごしながら

まだ夢は楽しいことはないかと
思い巡らしていると
すでに古稀傘寿を過ぎて
間もなく米寿卒寿は夢で信じられない

子供の頃は学芸会運動会次は旅行
と待ち遠しく生きる元気だったが
百歳までは夢の人生と知った
生涯だった

夢見る夜

二階の部屋のベッドを
東向きの窓の下に置いている
床に入ってカーテンを開けると
月が煌々と夜を照らして
上向きに横になっていると
空が展望できる

満月や星空が

美しく輝く夜などは
ああ今晩は十五夜だったかと
眠りにつくと
なんとなく寝心地がよく
一日の苦労を忘れる

生きる縁《よすが》

生きている限り逃げ場はない
息をして体を動かし生活して
自分のため世のため人のために
役立ってこそ人生の意義
遊んでいては生き甲斐はない

それぞれ大きい道狭い道でも
宿命であり偓促《あくせく》としてでも

生きるために通過しなければ
ならない縁である
運命はお前を応援しているはず

感謝して生きねばならないのが
人間の生命であろう

死出の遺物

私の亡きあと何が残るのだろうか
遺すほどの物はないが
せめて形見として思いを伝える
一品でも置いて旅立っても
忘れられてしまうのでは

唯一の遺産は着古した衣類が
重ねてあるが他に

何があるというのか
私は未練を抱いたまま
旅立っていくのか

せめて一件でも私を証明する
物を遺してこの世を去り
あの世で新しい生活は
出来ないものか

老いの譫言《うわごと》

人生今が勝負だ
昨日の事はすでにない
明日の事は今は判らないが
今日よりは新しい事が
待っているはず

生きている限り次々と問題が起きて
進歩も起こるはず

それに応じる力と知恵が
お前の未来を決めると
世間は待っているはず

今度こそお前の力量を発揮して
世の中をつっ走り世のため
自分のためにも目指すものを
抱いて行こうと発意していた

孫たちの観察

久しぶりに
祖母と一緒に入浴した
幼児は
おばあちゃんのオッパイ
小さかったと

またある日
おじいちゃんと入浴した

幼児は
おじいちゃんのチンチンは
しわしわだったと

幼児たちはそれぞれの
感覚で老人を直視していた

自信家の反省

私は今も元気で
長い間生きてきたと思う
しかしあっという間に
歳をとって老いていました

今まで何をしたといえるでしょうか
思えば
なんら他人や世間のため

いや自分のためにも
これという努力をしないで
逝くのも恥ずかしく
彷徨うように躊躇っているのです

私自身のことで
誰も教えてくれないのです
それでも前を向いて生きたと
長年思ってきたのですが

目標を探して

物心ついてから五十数年
意識ある人生だったか
やるべき事はどれだけ
達成できたか
せめて心を動かし思いを
表現したいと努力したが
ともすれば中途半端のまま
不作為に終わってしまいがち

人生の一部分でも無為にしないで
己を発揮したいと努力していると
目的は何だったか
混乱して乱れていき
死ぬまで努力しなきゃ
目指すことは達成できない
と解ってきた

詩作の夢

詩を書いていると
詩人を自称する人の言うことは
詩はその人の心を描き
言葉にして表現するという
が容易に詩人の心の思いを
語ってはくれない

ある人は書くべき内容が

その場に居るように描ければ
一時的な詩作は成功するかも
と言い発展の動機にはなろうと
共感していたが
その後その人の作品は
どう発展したか誰も知らない

夕陽の夢

二階の自室から見る
夕日は一日の終わりを
告げていた
夕陽の輝きに光は揺らめき
今日一日を反省して
明日を待っているように
沈んでいた

我が老体を勇躍して
老いても希望はあるはずと
長年の夢はまだ生きてると
明日を目指した

夢はすでに光を失って
消え去ろうとしていたが
どこかに行先はまだあるはずと
信じる

寂しいとき

気分が寂しいとき
心が沈んで自然に口笛が出た
元気な勇気で鼓舞したいのか
時折り若さを鼓舞するように
怪しい音階の口笛を
吹いていた

しかし乾いた唇は擦れて

リズムは怪しく
付近に聞こえることもなく
寂しい音だったが
口笛の音は消えることはなかった

明日を信じて

私は何処に居るのか
探し求めて今日まで
歩いたり走ったりして
私自身を捜してきたが
未だ発見出来ず
生きている

明日は何処で

何があるのか
見えないまま探してきたが
ようやく努力して
相手の背中が見えるよう
接近していた

きっと明日は明るい
光を背にして
平和の栄誉を目指すと信じて走った

夢がたり

喋れよ　実行せよ
思いはみんなに伝えて
大勢で歌い踊って
地球が地響きするまで
空気を動かして
世の中を変えていこうよ

明日のため　いや未来のために

新しい世界を創っていくと
そこには新しい幸せがあるはず
イノベーションが我々を
助けてくれるはず

信じて期待して庶民が先頭に
歩いていこうじゃないか
今日までの一切の指導や命令を
超えて道は細くても進んでいこう

遠い日の少年

歩いていくと
前は次々と展けてくる
家並や樹木　花々が
新たな景色で挑発する

向こうを望むと
耀く山巓の麓で
遠い日の少年が

手を上げて　いる

あとがき

長年、独り言のような詩を書いてきました。まがい物のような詩で己を語り、屈辱を隠してきましたが、もはや隠蔽するものはない状態です。

不如意なことの多い人生でしたが、詩作することで己を支え、寄る年波に負けず生きてきました。

詩集としては十七冊目になります。自分自身の人間性の弱さに疑問を感じながら、これが最後かと自嘲しつつ出版することを発意しました。

多くの皆様の厚意ある御一読をお願いするしだいです。

二〇一九年一月吉日

佐藤勝太

著者略歴

佐藤　勝太（さとう　かつた）

1932年（昭和7年）岡山県矢掛町生まれ
佛教大学社会学部社会学科卒業

◆所属
日本文藝家協会・日本詩人クラブ・関西詩人協会・兵庫県現代詩協会・尼崎芸術文化協会　など

◆詩集
『徽章』　1963（自家版）
『エトセトラ』　1986（再現社）
『黙示の人』　1990（檸檬社）
『光と陰の間』　1995（編集工房ノア）
『遙かな時』　1999（編集工房ノア）
『時の鼓』　2001（編集工房ノア）
『掌の記憶』　2005（詩画工房）
『夕陽の光芒』　2008（竹林館）
『陽炎の向こう』　2010（竹林館）
『峠の晩霞』　2012（竹林館）
『果てない途』　2014（編集工房ノア）
『ことばの影』　2015（コールサック社）
『名残の夢』　2016（コールサック社）
『生命の絆』　2017（文芸社）
『佇まい』　2017（コールサック社）
『雑草の詩《うた》』　2018（竹林館）
『夢がたり、昔がたり』　2019（竹林館）
計17冊

◆歌曲（ひょうご日本歌曲の会で作曲・演奏された作品）
「青い空」「スマイル人生」「宙のオーラ」「出発つ少年」「歌っていけば」「春を呼ぶ声」
「タップで踊ろう」「ああ神戸」「四季の歌」　計９曲

◆展
「墨象と現代詩の出会いを求めて」「日韓合同詩画展」「関西詩人協会での毎年の詩画展」など

◆賞
「詩のフェスタひょうご知事賞」「兵庫県ともしびの賞」「半どんの会文化賞」「箕面市長賞」
「日本詩人クラブ永年会員賞」など

住所　〒562－0015　大阪府箕面市稲3－11－25

著者近影

詩集　夢がたり、昔がたり

2019年3月10日　第1刷発行

著　者　佐藤勝太
発行人　左子真由美
発行所　㈱ 竹林館
〒530-0044 大阪市北区東天満 2-9-4 千代田ビル東館 7階 FG
Tel　06-4801-6111　Fax　06-4801-6112
郵便振替　00980-9-44593
URL http://www.chikurinkan.co.jp
印刷・製本　モリモト印刷株式会社
〒162-0813 東京都新宿区東五軒町 3-19

© Sato Katsuta　2019 Printed in Japan
ISBN978-4-86000-407-1　C0092

定価はカバーに表示しています。落丁・乱丁はお取り替えいたします。